KB041256

아버지에게
묻고 싶은 것들

Questions For My Father : Finding the Man Behind Your Dad
by Vincent Staniforth

First published by Beyond Words Publishing, Inc., Hillsboro, Oregon.
www.beyondword.com. All rights reserved. Translation rights arranged through
Sylvia Hayse Literary Agency, LLC, Bandon, Oregon, USA

아버지에게
묻고 싶은 것들

세상의 모든 아들과 아버지를 위한 시간

Questions
for
My Father

✳

빈센트 스태니포스 지음
이종인 옮김

라의눈

이제는
들을 수 없는
대답들

이 책은 오랫동안 아버지와 내가 나눈 대화를 엮은 것이다. 그런데 그 대화는 아버지가 돌아가신 뒤에야 이루어졌다. 아버지가 돌아가시고 나서 문득문득 외롭고 쓸쓸해지거나 감당하기 힘겨운 일에 부딪칠 때마다 나는 아버지에게 묻고 싶은 질문들을 떠올렸다. 삶에 대한 절박한 그 질문들 중 일부는 살아생전 아버지에게 대답을 들었지만, 내가 던진 대부분의 질문들은 아버지에 대한 기억들을 더듬거나 꿈속 같은 불완전한 유추에 의지해 대답을 얻었을 뿐이다. 아버지가 바로 여기 나와 함께 계셔서 자상한 목소리로 대답해 주신다면 얼마나 좋을까, 하는 아쉬움이 맴도는 그런 대답 없는 질문들이다.

이 질문들은 이 책을 읽는 독자인 현재의 아버지들과 자녀들에게 이와 유사한 많은 질문들을 서로에게 던지도록 자극을 줄 것이다. 그리고 그들의 아버지가 이런 질문들에 어떻게 대답하셨을까 생각하게 만들 것이다. 여기에 제시된 질문들은 '나'의 질문들이다. 이 질문들을 던짐으로써 나는 아버지가 평소 말씀하셨던 것이나 행동하셨던 몸짓들을 기억해낼 수 있었다.

만약 질문들을 종이 위에다 적어 내려가지 않았더라면 아버지의 살아생전 모습을 이토록 생생하게 되살려내지 못했을 것이다. 나는 이 책을 쓰면서 나의 아버지를 염두에 두고 이 질문들을 작성했지만, 대부분 세상의 모든 아들이 그의 아버지에게 던지는 질문이기도 하다. 또한 세상의 모든 아버지와 어머니에게 묻는 것들이고, 세상의 모든 아들과 딸들이 물어볼 수 있는 질문들이다.

따라서 이 책은 '발견의 청사진'을 제시함으로써 모든 연령대의 자녀들이 아버지의 뒷모습에 묻어난 진실한 인간상에 대하여 보다 명확하고 심도 깊은 그림을 얻도록 도와줄 것이다. 이 책의 갈피갈피에 들어 있는 질문은 어떤 것들은 절박하지만 가볍고 짓궂은 것들도 있다. 독자들은 이 질문들과 완전히 다른 질문 목록을 작성할 수도 있을 것이다.

나는 운이 좋은 편이었다. 자녀들은 곧잘 자기 부모에게 부정적이고 분노에 찬 질문을 던지곤 하는데 나는 그럴 필요가 없었다. 나는 나의 아버지를 포함한 세상의 모든 아버지가 안정성과 일관성을 갖춘 신적인 존재라고 여겼기 때문이다. 그런데도 정작 아버지와 내가 가슴을 툭 터놓고 여기에 제시된 질문이나 화제를 가지고 대화를 나눠본 적은 별로 없었다. 이런 일이 나와 내 아이들 사이에서는 벌어지기 않기를 바란다. 나는 나의 아이들과 허심탄회하게 속 깊은 얘기를 자주 나누고 싶다. 아이들이 내게 좀 더 많은 것들에 대해 물어봐주기를 바란다.

나는 아버지에게 이런 질문들을 던질 기회가 아주 많았는데도 그렇게 하지 못했다. 아버지와 내가 나눴던 몇 차례 안 되는 대화를 통해 얻을 수 있었던 것은 아버지가 내가 알던 것보다 훨씬 훌륭한 분이라는 사실이었다. 돌이켜 생각하면 아버지와 좀 더 많은 대화를 나누지 못한 것이 너무나 가슴 아프다.

이런 질문들을 하지 말아야 할 이유를 찾는다면 핑계가 수백 가지는 될 것이다. 아버지로부터 직접 답변을 듣지 못한다는 것은 그분이 보았거나 행한 숱한 경험들을 잃어버

렸다는 뜻이니 얼마나 아쉬운 일인가. 아버지가 살아계셔서 대답을 들을 기회가 있었을 때 아버지에 대해 더 많이 알아내지 못한 것이 정말이지 후회가 된다.

그래서 이 책은 나의 아버지를 위해 기획된 것이지만 과거, 현재, 미래의 모든 아버지들을 위한 것이기도 하다. 또한 그들의 아들과 딸들을 위한 책이기도 하며, 그들이 자녀들과 즐겁게 얘기를 나누는 계기를 마련해주는 책이기도 하다.

:: 차례

••• 아버지가 된다는 것

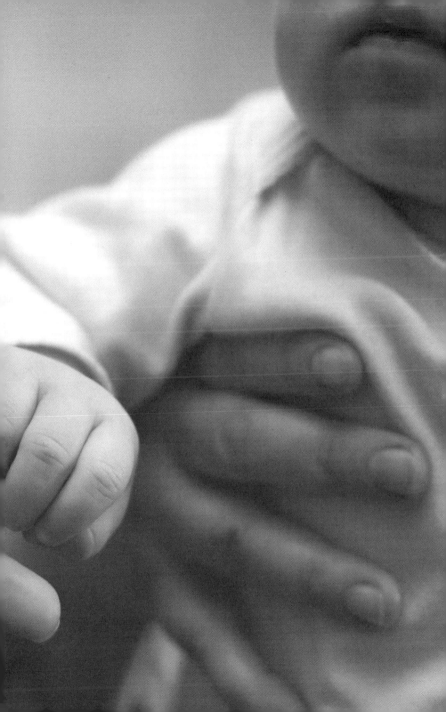

맨 처음 나를 품에 안았을 때
어떤 느낌이있나요?

What did you feel the first time
you cradled me in your arms?

아버지로서
가장 자랑스러웠던 날은
언제였나요?

What has been
your proudest day
as a dad?

우리와 늘 해보고 싶었지만
한 번도 그럴 기회가 없었던 것은
무엇인가요?

What did you always want to do
with your kids
but never had the chance?

내가 태어났을 때 아버지가
내게 품었던 꿈은 무엇이었나요?
그 꿈대로 내가 자랐나요?

When I was born,
what was your dream
for me?

내게서 딱 한 가지만 바꿀 수 있다면,
무얼 바꾸고 싶나요?

If you could change one thing about me,
what would it be?

아버지는 내가 일흔이 되었을 때
무엇을 하고 있을 것 같나요?

Where and what do you think
I'll be when I'm seventy?

아버지는 내가 커서
무엇이 되기를 바라셨나요?

What did you want me
to be when I grew up?

우리들이 아버지를
어떻게 생각해주기를 바라셨나요?

How have you wanted
your children to think of you?

이런 질문을 하면 갑자기 어색해진다.
아버지, 당신은 이런 질문들을 할아버지께
어떻게 하실 수 있었나요?

언젠가부터 우리는 점점 의미 있는 대화를
나누지 않게 되었다.
우리 시대의 문제점 중 하나는
자신에게 가장 중요한 사람들을 늘 거기에 있는 것처럼
당연시한다는 것이다.

아버지가 된다는 것이
부담스럽지는 않으셨나요?

Did being a dad come naturally?

다 자라 어른이 된
자식을 바라보는
부모의 마음은 어떤 건가요?

What's it like
having grown-up children?

나와 함께 보낸 시간 중에서
가장 즐거웠던 기억은 뭔가요?

What's your favorite memory
of spending time with me?

나는 어떤 성격의
아이었나요?

What do you remember about
my character as a young child?

우리들이 자라면서 한 행동들 가운데
가장 재미있었던 일은 무엇이었나요?

What was the funniest thing
you ever saw your children do?

아이들이 사춘기를 겪을 때
아버지로서 어떻게
해야 할까요?

How does a dad get through
his children's adolescence?

아들을 키우는 것과 딸을 키우는 것의
가장 큰 차이는 뭐라고 생각하시나요?

What's the biggest difference
between raising sons and daughters?

아이들 하나하나가 내게는
더없이 소중한 존재라는 것을,
어떻게 하면 아이들이
알게 할 수 있을까요?

How can I make each of
my children feel
as if they're
the most special?

아버지가 됨으로써
어떤 것을 배우셨나요?

What have you learned
from being a dad?

나는 완벽한 아버지가 아니다.
그런 아버지와는 아주 거리가 멀다.
하지만 지금보다 더 좋은 아버지가 될 수 있다고
진심으로 믿는다.
내가 돌아가신 아버지보다 더 좋은 아버지가 될 수 있을까?
그건 두고 보아야 한다.
내 아이들이 내가 나의 아버지를 알고 있는 것보다
나에 대해서 더 많이 알게 되도록 최선을 다할 생각이다.
이것이 하나의 출발점이다.

교사, 보호자, 생계 부양자, 친구……
아버지의 주된 역할은
뭐라고 생각하시나요?

What is a dad's primary role-teacher,
protector, provider, pal, or disciplinarian?

우리들 때문에 크게 노하거나
좌절한 적이 있으셨나요?
그때 어떻게 하셨나요?

Did you ever feel complete anger
and frustration at your children?
How did you deal with it?

아버지의 역할과 어머니의 역할은
어떻게 다르다고 보시나요?

How does the role of a dad
and a mom differ?

아버지는 어떤 식으로
우리를 키우셨나요?
그 중에서 바꾸고 싶은 게 있으신가요?

What would you change
about your style
of fathering?

좋은 아버지의 조건이란
무엇이라고 생각하시나요?

What makes a good dad?

아버지는 우리를
지나치게 엄격하게 대했다고
생각하시나요?

Do you think you were too strict
with your children?

어떻게 하면
좋은 아들, 좋은 딸이 될까요?

What makes
a good son or daughter?

딸이 있어서
특히 좋은 점은 무엇인가요?

What's the best part of
having a daughter?

아들을 두었다는 것의
가장 좋은 점은 무엇인가요?

What's the best part of
having a son?

내가 자라는 동안
가장 큰 걱정거리는 무엇이었나요?

What did you worry about most
as I was growing up?

내가 처음 독립해서
집을 나왔을 때
어떤 심정이셨나요?

How did it feel
to let me go to make
my own life?

내게 늘 물어보고
싶었던 것이 있었나요?

Is there anything you've always
wanted to ask me?

아버지와 나 사이에
의견충돌이 계속되었던
가장 큰 원인은 무엇일까요?

What do you think has been
the number one cause of
our arguments?

아이들에게 화가 치밀 때
어떻게 감정을 다스려야 하는지요?

What should I do
when I'm angry with my children?

아버지 세대와 우리 세대의
아버지 역할에는
어떤 차이가 있을까요?

How is my style
of fatherhood different
from yours?

••• 남자와 아버지 사이

어린 시절 아버지는
나중에 커서 무엇이 되고 싶었나요?

As a boy,
what did you want to be
when you grew up?

아버지의 십대 시절
가장 행복했던 날은 언제였나요?

What was your happiest teenage day?

나의 형제나 자매들도 마찬가지지만,
나는 부모님이 우리에게 두 분의 어린 시절 얘기를
들려주었을 때 아주 즐거워했던 것을 생생하게 기억한다.
아버지를 어린 소년으로 상상해보는 것은
왜 이토록 매혹적일까.

가장의 책임으로부터
훌쩍 벗어나고 싶은 충동을
느낀 적이 있으신가요?

Were you ever tempted to
just walk away from
your family responsibilities?

우리를 낳은 것을
후회한 적이 있었나요?

Have you ever regretted
having children?

아버지가 저지른 가장 큰 실수는
무엇이었나요?
그 실수에서 나도 뭔가 배울 게 있을까요?

What's the biggest mistake
you've ever made?
What can I learn from it?

나는 아버지가 당신의 인생에서
올바르게 행동하신 것으로부터 많은 것을 배웠다.
또 아버지가 저지른 실수들을 깊이 생각하면서도
많은 것을 배웠다.
나는 다른 부모들의 잘못을 교훈 삼아
부모 노릇의 기술을 배울 수 있다고 느긋하게 생각하다가도,
내 아이들이 나의 실수들로부터도 배우게 된다는 것을
생각하면 갑자기 오싹해진다.

아버지는 자라면서
언젠가는 아버지가 되겠다고
꿈꾸셨나요?

When you were growing up,
did you hope to be a father someday?

아버지는 어떻게 휴일을 보낼 때
가장 즐거웠나요?

What happened
on your favorite holiday?

아버지가 가장 좋아하는 영화는
무엇인가요?

What's your favorite movie?

아버지는 어떤 계절을 좋아하나요?
그 이유는요?

Which is your favorite season?
Why?

아버지가 늘 아끼고 곁에 두었던 책은
무엇인가요? 그 이유는요?

What's your favorite book?
Why?

아버지는 독신시절도
지낼 만하셨나요?

Did you enjoy being single?

아버지는 원하는 만큼
충분히 공부했다고 생각하시나요?

Did you go as far academically
as you wanted?

아버지가 늘 흥얼대거나
즐겨 들으셨던 노래는 무엇인가요?
그 노래는 아버지에게
어떤 사람, 어떤 추억을 떠올려주나요?

What's your favorite song of all time?
What or who does it remind you of?

남자다운 남자란 과연 어떤 걸까요?
아버지는 언제 남자로서
자랑스럽다고 느끼셨는지요?

What makes you proud
to be a man?

아버지의 학창시절,
가장 큰 일탈은 무엇이었나요?

What's the biggest deviating behavior
you've done in your teenage

인생에서 스포츠는
어떤 의미라고 생각하시나요?

Are sports important?
How?

아버지가 이 세상에서
가장 가보고 싶은 곳은 어디인가요?
왜 그곳인가요?

Where would you most like
to visit in the world?
Why?

••• 남자에게 사랑과 결혼이란

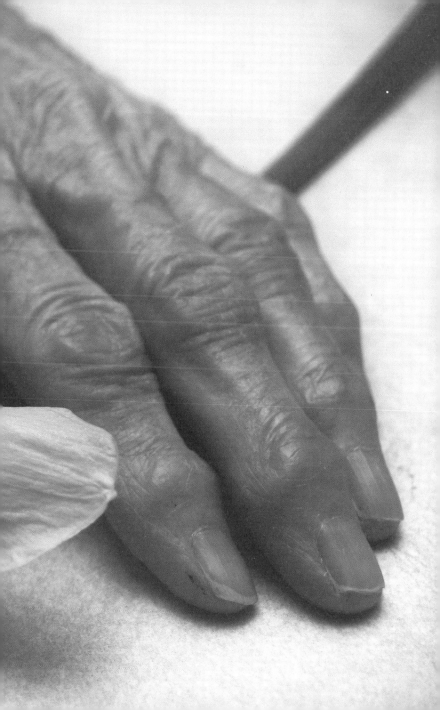

아버지의 첫사랑은
어떤 분이셨나요?

Who was your first love?

남자와 여자는
'사랑하는 방식' 이 다른가요?

Does a man 'love' differently
than a woman?

진정한 사랑을 만났다는 것을
어떻게 알 수 있을까요?

How will I know
when I've met my true love?

여자를 미소 짓게 만드는
아버지 나름의 비결이 있으신가요?

What's your secret
for making a woman smile?

만약 두 여자를 동시에
사랑한다고 느끼게 된다면
어떤 선택을 해야 하나요?

If I'm in love with two women,
how do I know which to choose?

한 남자와 한 여자가
영원히 행복할 수 있을까요?

Can a man and a woman
find lasting happiness?

아버지는 아기가 어떻게 만들어지는지
언제 알게 되셨나요?

How did you learn about
the facts of life?

결혼생활 동안 어머니를 위해서,
혹은 아버지 자신을 위해서
어머니에게 비밀로 한 것들이 있었나요?

Have you kept secrets from Mom
during your marriage?
To protect you or her?

어떻게 해야 좋은 남편이
될 수 있을까요?

What makes a good spouse?

결혼이란 정말로
죽음이 갈라놓을 때까지
지속되어야 하는 걸까요?

Should marriage really
mean forever?

시간을 되돌릴 수 있다면
아버지는 다시 결혼하실 건가요?

If you were a young man today,
would you have a family again?

가족이란 무엇일까요?

Define family.

86

어머니를 어떻게 만나셨나요?
첫 번째 데이트는 어디서 하셨나요?

How did you meet Mom?
Where did you go on your first date?

어머니와 얼마 동안 연애하다가
결혼하셨나요?

How long did you know each other
before you got married?

어머니에게
어떻게 청혼하셨나요?

How did you propose to Mom?

어머니에게 무슨 일이 생긴다면
어떻게 하시겠어요?

What would you do
if something happened to Mom?

어머니와 아버지의 결혼식날,
어떤 기분이셨나요?
날씨는 어땠나요?

What was your wedding day like?

우리들이 태어난 이후
어머니와 아버지는
두 분만의 시간을
어떻게 보내셨나요?

How did you and Mom
keep your relationship alive
while raising a family?

••• 할아버지로부터 아버지, 나 그리고

아버지도
당신의 아버지와 어머니가
늘 그리운가요?
언제 특별히 더 그리신가요?

Do you ever think about
your mom and dad?

아버지, 할아버지. 증조할아버지……
우리 집안 남자들의 특징은
어떤 것인가요?

Looking back through
your dad, granddad, and so on,
what characteristic do we all share?

아버지가 할아버지로부터 배운
가장 중요한 교훈은 무엇이었나요?

What's the most important lesson
you learned from your dad?

아버지의 아버지에게 들었던 말을
아들인 나에게 똑같이 하고 있다는
사실을 깨달은 적이 있었나요?

Do you find yourself saying
the same things to me
that your dad said to you?

내가 일곱 살 때의 일이다.
축구 시합이 시작되기 2분 전에 내 축구화 끈이 끊어졌다.
내가 당황해서 어쩔 줄 몰라 하는 동안, 아버지는 침착하게
무릎을 꿇고서 끈을 묶어주시더니 부드럽게 말했다.
"저기 운동장에서 끊어지지 않고 여기서 이렇게 끊어진 게 다행이야."
나는 어린아이였지만 그 말이 참 멋지다고 생각했다.
나는 자라는 동안 나의 아버지처럼 현명한 사람이 되려면
멀고도 멀었다, 라는 생각을 자주 했다.
최근에 똑같은 일이 벌어졌다.
여섯 살 난 내 아들의 축구화 끈이 시합 전에 끊어진 것이다.
아이가 안절부절못하는 동안 나는 침착하게
그 끈을 묶어주면서 시합을 하다가 끈이 끊어지지 않아
다행이라고 부드럽게 말해주었다.
아이는 미소를 띠며 고개를 끄덕여 보이고는
운동장으로 달려나갔다.

나는 아이가 뛰는 모습을 바라보면서 내가
'위대한 아버지 게임'에 음모꾼으로 가담했다는 것을 알았다.
모든 아버지들은 이 비밀스러운 게임을 펼친다.
자신이 위대한 지혜의 원천인 척하지만 실은
선대 아버지로부터 물려받은 것을 자기 것인 양하는 것이다.
그것이 그렇게 나쁜 일인가? 아니다, 나쁘지 않다.
어린아이들이 그 나이 무렵에 이 세상의 모든 문제는
어머니와 아버지 손에 가면 저절로 해결된다고
생각하는 것은 좋은 일이다.
나중에 아이들이 깨우칠 시간은 얼마든지 있을 것이다.
실제는 약간 다르다는 것을 말이다.
그것이 실은 나의 어린 시절 아버지로부터 들었던 말이라고
아들에게 얘기해주었더라면 더 좋았을 것이다.
그렇게 하는 것이 아버지 노릇의 일부이고
또 누군가를 사랑하는 방식이라는 것을 말이다.

아버지는 할아버지 할머니의
웃는 모습을 기억하시나요?
무슨 일 때문에 웃으셨나요?

Can you remember your parents laughing?
What was the cause?

아버지가 할아버지에게
꼭 물어보고 싶었던
질문은 무엇이었나요?

What do you wish
you'd asked your dad?

아버지들은 다면적인 성격을 가진 신비한 존재로 보인다.
그건 아버지들이 많은 것을 감추기 때문일까,
아니면 우리가 올바른 질문을 던지지 않았기 때문일까?

할아버지가 아버지에게 준
가장 큰 선물은 무엇인가요?
그것을 우리에게도 전해주셨나요?

What was the greatest gift
your parents gave you?
Have you tried to instill the same lessons
in your children?
Do you think you succeeded?

할아버지께서 각별히
좋아하셨던 것이 있었나요?
아버지는요?

Did your parents have favorites?
Did you?

할아버지 할머니에 대한
가장 생생한 추억은 어떤 것인가요?

What's your most vivid memory
of your mom and dad?

아버지는 할아버지의
어떤 점을 가장 좋아하셨나요?
싫어하셨던 점은요?

What did you like
most -and least- about your dad?

아버지는 할아버지의 죽음을
어떻게 받아들이셨나요?

How did you deal with
your dad's death?

아버지가 돌아가셨다는 사실을 나는 쉽게 받아들이지 못했다.
한번은 아내에게 이런 불평을 했다.
"내가 겨우 서른일 때 아버지가 돌아가셨다니 정말 불공평해."
"당신이 그걸 다른 각도에서 한번 보았으면 좋겠어요."
아내가 말했다.
"당신은 무려 30년 동안이나 오롯이
그분을 옆에서 모실 수 있었잖아요."
그 이후 불만의 구름장이 걷혔다.
나는 불공평한 대접을 받은 것이 아니라
축복을 받은 것이라고 생각하게 되었다.
우리는 우리의 자녀들에게도 이런 생각을 자연스럽게
느끼도록 해줄 필요가 있다.
우리가 부모님을 얼마나 오래 곁에서 모셨느냐가
중요한 게 아니라 그저 우리에게 주어진 시간이
최고의 시간이었다고 말이다.
나는 어머니에게 안부를 물으려고 전화기를 들 때마다
아내의 그 말을 떠올린다.

••• 진정한 행복의 열쇠

살면서 가장 후회했던 것은
무엇이었나요?

What's your biggest regret?

우리가 어렸을 때,
일에 너무 많은 시간을
빼앗겼다고 생각하시나요?

Do you think you spent
too much time at work
when we were young?

시간을 거꾸로 돌려
딱 하나만 바꿀 수 있다면,
무엇을 어떻게 바꾸고 싶으신가요?

If you could go back and change
one event in your life,
what would it be
and how would you change it?

학창시절 가장 즐거웠던 날은
언제였나요?

What was your happiest school day?

아버지는 언제 처음
차를 갖게 되었나요?
어떤 모델이었나요?

When did you get your first car?
What model was it?

아버지가 처음으로 돈을 벌었던 일은
무엇이었나요?

What was your first job?

얼마나 열심히 노력해야
꿈을 이룰 수 있을까요?

How hard should I
pursue my dreams?

세상의 잣대로부터
자유로운 사람이 되려면
어떻게 해야 할까요?

How do I become my own person
rather than the man society
I should be?

아버지가 이룬 일 가운데
가장 큰 성취는 뭐라고 생각하시나요?

What do you think has been
your greatest achievement?

엄청난 용기가 필요한 일을
해본 적이 있으신가요?
그 결과는 어땠나요?

Have you ever had to do something
that took a lot of courage?
What happened?

고난, 역경, 위기를 겪지 않고도
온전한 어른이 될 수 있을까요?

Is it possible to be a complete adult without
suffering hardship, adversity, or danger?

아버지도 결점을 가지고 있는 사람이란 사실을
이해하는 것이 중요하다.
십대 시절 나는 아버지보다 내가 훨씬 더 현명하고
성숙하다고 느꼈다.
하지만 나이들어가면서 나는 아버지를 보다
원숙한 사람이라고 생각하게 되었다.
왜냐하면 아버지는 당신이 갖고 있던 공포와 후회를
나에게 알려주었기 때문이다.
당신이 남들과 똑같은 평범한 인간이라는 것을
나에게 보여주신 그 용기 때문에,
나는 아버지를 더욱 신 같은 존재인 동시에
아주 다정다감한 사람으로 인식하게 되었다.

내가 성공한 사람이라는 것을
어떻게 알 수 있을까요?

How will I know when I'm successful?

행복하기 위해 살아야 할까요, 성공하기 위해 살아야 할까요?

Should I strive to be happy,
or strive to be successful?

결과를 예측할 수 없는 상황에서
뭔가 잘못되어 가고 있다고 느낄 때
그나마 안전하게 유지하는 게 좋을까요?
더 큰 손해를 보더라도 깔끔하게 털고
다시 시작해야 할까요?

Should I live with my mistakes
or always try to cut my losses
and make a clean start?

힘들고 어려운 시기는
어떻게 헤쳐가야 하나요?

How should I deal with hard times?

아버지는 헤어날 수 없을 만큼
총체적인 절망감에 빠진 적이 있었나요?
그때 어떻게 극복하셨나요?

Have you ever faced total despair?
What did you do?

아버지는 전쟁에서
누군가에게 총을 겨눈 적이 있었나요?
그 일이 오래도록 잊혀지지 않으셨나요?

Did you have to kill anyone in the war?
Do you ever think
about those experiences?

한 젊은이가 칠흑 같은 정글 한가운데 서 있었다.
그는 전쟁에 참가했던 것이다.
그는 무척 겁먹은 채 소총을 들고 있었다.
40년 뒤, 한 젊은이가 도시 한가운데에
수표책을 들고 서 있었다. 그는 막 사업을 시작했고 두려웠다.
어느 젊은이가 더 용기 있는 걸까?
설혹 내가 열두 번의 사업 실패를 겪더라도,
나의 아버지처럼 전쟁을 직접 겪는 것에 비하면
아무것도 아니라는 생각을 했다.
하지만 아버지는 사태를 다르게 보면서 이렇게 말했다.
"너는 다른 세상에서 태어나 성장했어.
나더러 너희 세대가 해내야 하는 일들을 하라면
아마도 견뎌내지 못했을 거야.
요즘 세상은 매일 아침 일찍 출근해
가족이 먹을 양식을 벌어온다고 해서 훈장을 수여하지는 않지.
하지만 그거야말로 진정한 용기의 모든 것이야."

내가 화가나 시인이 되고 싶어 한다면
아버지는 어떤 기분이 드실까요?

How would you feel
if I wanted to be an artist or poet?

인류가 달에 첫발을 디뎠을 때
아버지는 어디에 계셨나요?

Where were you
when man first set foot on the moon?

아버지가 늘 하고 싶었지만
못했던 일이 있으셨나요?

What did you always want to do
but never had the chance?

아버지가 시도했던
가장 큰 모험은 무엇이었나요?

What's the biggest risk
you've ever taken?

위험을 감수할 만큼
가치 있는 일이라는 것을
어떻게 알 수 있을까요?

How will I know
when a risk is worth taking?

••• 삶과 세계에 관한 철학

아버지가 가장 존경하는 인물은
누구인가요? 그 이유는요?

Who do you admire the most? Why?

아버지가 평생 간직했던
삶의 원칙은 무엇인가요?

What's your own Golden Rule?

돈에 대해 꼭 마음에 새겨야 할
교훈은 무엇인가요?

What's the most important thing
to remember about money?

내가 뿌리 내릴 곳을 찾았다는 것을
어떻게 알 수 있을까요?

How will I know
when I've found the right place
to put down roots?

아버지의 인생을 바꾼
결정적인 사건은 무엇이었나요?

What were the key events
that changed your life?

비즈니스를 할 때 아버지가 지켰던
기본 원칙은 무엇이었나요?

What are yout guiding principles
for doing business?

무엇이 아버지의 정치적 견해에
영향을 주었나요?

What has influenced and formed
your political thinking?

과연 '정의로운 전쟁'이라는 것이
있을 수 있을까요?

Is there such a thing as a 'right' war?

150

인종적 편견이나 종교적 편견은
왜 생겨나는 걸까요?

What cause racial or religious prejudice?

세상을 이상적으로 바라봐야 할까요?
실용적 관점을 받아들여야 할까요?

Should I try to retain an idealistic worldview
or adopt a more pragmatic view?

좋은 사람을
어떻게 알아볼 수 있을까요?

What' the mark of a good person?

인간은 본래 선한 존재일까요,
악한 존재일까요?

Is mankind born good or bad?

부당한 일을 당했을 때
어떻게 대응해야 하는지요?

What should I do
when someone wrongs me?

아버지는 자신에게
잘못을 저지른 사람을
용서하실 수 있었나요?

Have you found it possible to
forgive people who wronged you?

어떤 사람에 대해
오랫동안 악감정을 품은 적이 있으셨나요?

Have you ever carried a long-term grudge
against someone? Why?

아버지의 둘도 없는 친구는
누구인가요?

Who has been your best friend?

진정한 친구란 어떤 사람인가요?

What makes a real friend?

가능한 혼자 힘으로
삶을 헤쳐가는 것이 좋을까요?
도움을 받을 수 있는
넓은 인간관계를 만드는 것이 좋을까요?

Is it better to be self-reliant
or to develop a network of friends
to call upon for help?

타협하지 않고는 살기 힘든 세상에서
어떻게 나 자신의 원칙을
지켜낼 수 있을까요?

In a world of compromises,
how do I keep true to myself?

내가 살고 있는 세상과
아버지가 성장했던 세상의 가장 큰 차이는
뭐라고 생각하시나요?

What's the biggest difference between
my world and the world you grew up in?

침묵해야 할 때와 말해야 할 때를
어떻게 알 수 있나요?

How will I know when to keep quiet and
when to speak my mind?

● ● ● 인생, 그 긴 미지의 여정

정해진 운명이란 것이 있는 걸까요,
아니면 인생은 스스로 만들어가는 걸까요?

Is my life already determined,
or am I in control of my destiny?

나이 드는 것의
좋은 점은 뭘까요?

What's the good part
about getting older?

나이 드는 것의
가장 불편한 점은요?

What's the worst part
about growing older?

예측할 수 없는 인생에서
맞딱뜨리게 되는 뜻밖의 일에
어떻게 대응해야 하나요?

Life is unpredictable-what's
the best way to handle its surprises?

인생의 가장 좋은 때는
언제라고 생각하시나요?

What's the best time
of life for a man?

잘살았다고 할 만한 인생이란
어떤 걸까요?

Define a life well lived.

아버지는 매사에
만족할 줄 아는 사람이었나요?

Do you think you're a contented man?

아버지는 죽음에 대해
자주 생각하시나요?

Do you ever think about death?

어느 날 저녁 나는 오래된 친구 둘과
아버지의 죽음에 대하여 얘기했다.
"우리는 모두 '죽음 클럽'*의 잠재 회원이야.
누구나 그 클럽에 가입하게 되어 있어."
내가 말했다.
"우리는 그래도 운이 좋은 편이야.
30대가 되었는데도 그 클럽에 아직 가입하지 않았으니까.
어떤 사람은 태어날 때부터 그 클럽에 가입하잖아."
그래서 우리는 잔을 높이 들고 축배를 했다.
우리의 자녀들과 함께 보내는 시간을
매초 매초 귀중하게 보내자면서.

＊아버지가 돌아가신 아들들의 모임

맨 처음 아버지의 가슴을
아프게 했던 사람은 누구였나요?
무슨 일이 있었던 건가요?

Who first broke your heart?
What happened?

아버지는 지금도
두려운 것이 있으신가요?

Are you frightened of
anything now?

아버지, 오늘은
스스로가 몇 살처럼 느껴지시나요?

How old do you feel today?

우리가 죽은 후엔
어떻게 된다고 생각하시나요?

What do you believe happens
when we die?

질문은
나 자신을 발견하는
용기

이 질문들은 아버지가 살아계셨을 때 물어보았어야 했던 것들이다. 그러나 여러 가지 이유들 때문에 물어보지 못했다. 시간이 없는 경우도 있었고, 어떤 불안감 때문에 못한 경우도 있었고(내가 이 질문을 하면 아버지가 화를 내시지 않을까?), 더러는 용기를 내기 못한 경우도 있었다(내가 정말로 이 질문의 대답을 듣고 싶어하는가?). 하지만 이 질문들은 사라지지 않고 내 가슴속 깊은 곳에 박혀 있었고, 철이 들면서 아버지의 진정한 모습을 알고 싶다는 욕망은 점점 더 강해졌다.

다른 사람들도 그렇겠지만, 그 대답을 듣고 싶은 욕구는 아버지가 세상을 떠나기 직전에 가장 강렬하게 불타올랐다. 아버지에 대해 정말로 많이 알고 싶다는 욕구가 아주 강렬하게 불타올랐던 그 순간을 나는 아직도 생생하게 기억한다.

그 일은 1990년 9월 중순, 어느 비 내리는 오후 콜로라도 주의 텔류라이드라는 한 산골마을에서 벌어졌다. 그때 나는 결혼한 지 3주 된 새신랑이었고, 신혼여행으로 애틀랜타에서 샌프란시스코로 가는 크로스컨트리 오토바이 여행을 하는 중이었다. 그날따라 산간 도로를 달리는 내내 하늘 가득 음울한 먹구름이 꾸물거렸다. 우리는 을씨년스럽고 눅눅한 기분에 사로잡혀 아예 그 마을에서 하룻밤 묵고 가기로 했다. 우리는 브랜디를 넣은 커피 한 잔을 따끈하게 마시면서 기분전환을 하려고 큰 길에서 눈에 띄는 바에 들어갔다.

얼마 후 아내 비브가 묵을 곳을 알아보러 나가보겠다고 했다. 나는 바에 남아 뜨거운 물을 탄 브랜디를 한 잔 더 시키고서 애틀랜타를 떠나온 이래 끄적거려 놓은 쪽지들을 들여다보며 생각에 잠겼다. 우리가 여행 중에 본 풍경, 만난 사람들, 봉착했던 사소한 난관들, 활짝 웃었던 일들을 적어놓은 것이었다.

메모의 내용은 우리가 점점 더 멀리 여행하면서 점점 더 현실에서 멀어져 추상적인 것이 되어갔다. 어머니와 아버지가 처음 결혼해서 느끼셨을 달콤한 기분이라든지, 그분들이 처음에 결혼생활을 어떻게 꾸리셨는지 하는 등등. 고향 잉글랜드로부터 멀리 떠나와 미국에서 벌이는 오토바이 여행이 굉장히 흥미롭기도 하지만 엄청 불확실한 여정이었다고도 적어놓았다. 그러면서 아버지가 2차 대전 당시 미얀마에 파병되었을 때 사선을 넘나들던 그 엄청난 장거리 여행을 어떻게 견뎌내셨을까 하는 생각까지 떠올렸다.

나는 펜을 들고 *끄*적거리기 시작했다. 내가 독립하겠다고 집을 나왔을 때 부모님은 어떤 기분이셨을까, 라고 썼다. 아주 오래 전 어느 비 내리는 오후, 그날도 나는 오토바이 여행을 떠났다. 멀리 떨어진 대학으로 유학을 가기 위해 오토바이를 타고 집을 나설 때, 아버지는 주방 창문 앞에 서서 내게 손을 흔들어 보이셨다. 그때 아버지의 심정은 어떠셨을까? 그 순간 나는 부모님을 향해, 장성한 자식을 둔 기분은 어떤 것이었나요, 하고 질문을 던졌다. 아버지가 이역만리 떨어진 이곳 텔류라이드의 조그만 바에 앉아 있는 내 옆에 계셨으면 좋겠다는 생각이 들었다. 그러면 우리는 가슴을 열고 숱한 얘기를 나눌 수 있을 것이고, 나는 아버지가 어떤 사람인지 충분히 알게 될 것이었다.

시계를 보니 현지 시간으로 오후 2시 30분이었다. 잉글랜드 시간으로는 오후 9시 30분일 것이다. 부모님 집 주방의 식탁 옆 벽에는 미국 지도가 걸려 있었는데, 나는 오토바이 여행을 하면서 그 지도를 들여다보는 아버지의 모습을 자주 상상했다. 나는 지금 이 순간에도 아버지가 지도를 들여다보며 우리의 여정을 추적하고 계실 것 같이 느껴졌다. 우리가 무사하기나 한 건지, 언제나 돌아올는지 생각하시면서. 텔류라이드 바에 걸려 있는 거울을 들여다보면서 기이하면서도 섬뜩한 느낌이 들었다. 마치 아버지가 지구 반대편에서 나를 쳐다보고 있는 것 같았다. 그러자 아버지가 내 옆에 앉아 계셨으면 좋겠다는 생각이 더욱 간절해지면서 시간이 손가락 사이로 술술 빠져나가는 암담한 느낌이 들었다.

열흘 뒤 비행기 편으로 애틀랜타에 가서 잉글랜드로 귀국할 준비를 하던 중, 아버지가 뇌졸중으로 쓰러졌다는 전화를 받았다. 그리고 그 이튿날 나는 시차에서 덜 풀려 몽롱한데다 충격까지 받은 상태로 아버지의 침상 곁에 앉아 있었다.

아버지는 의식을 잃은 채 인정사정없이 죽음으로 밀어 넣는 뇌졸중을 상대로 치열하게 싸우고 계셨다. 우리 다섯 남매는 그런 아버지 곁을 밤새 지켰다. 새벽녘에 나 혼자 남았을 때, 미국 오토바이 여행에서 겪었던 일들을 아버지 에게 들려드렸다. 아버지가 막내아들의 목소리를 알아듣 고 고개를 끄덕이시리라는 희망을 품기도 했다. 여행에서 겪었던 모험적인 사건들을 보고하면서 멤피스, 볼더, 그랜 드캐니언, 텔류라이드, 빅서 등에서 아버지를 간절하게 생 각했던 순간들에 대해서 말씀드렸다. 하지만 아버지는 여 전히 의식이 없었고 아무런 미동도 없었다. 내가 미국에서 황급히 돌아와 처음 아버지를 보았을 때와 마찬가지로 손 가락만 미세하게 떨릴 뿐이었다. 아버지는 두 시간 뒤에 돌아가셨다.

아버지가 돌아가시고 몇 해가 지나는 동안, 나는 아버지에 게서 배운 것, 혹은 아버지에 대해서 아는 것이 별로 많지 않다는 것을 깨닫게 되었다. 물론 아버지는 내 인생의 큰 틀을 결정하고, 핵심적인 원칙과 나아갈 방향을 가르쳐주 셨다. 그것은 나라고 하는 사람을 형성했고, 심지어 오늘 날까지도 나와 나의 두 아들에게 영향을 미치고 있다.

나는 내가 아버지의 사랑을 받았다는 것을 안다. 아버지도 내가 당신을 사랑했다는 것을 아신다. 하지만 아버지와 나

사이에는 그보다 더 많은 것들이 있었다. 그처럼 많은 시간이 있었고 나는 아버지에게 질문을 던지기만 하면 되었는데도 그렇게 하지 못했다. 그래서 내가 지금 할 수 있는 것은 기억, 추측, 해석에 의지해 아버지라면 어떻게 대답하셨을까, 하고 생각해보는 것뿐이다.

나는 내 아이들에게 이런 좌절감을 물려주지 말아야겠다고 결심했다. 그래서 내가 백일몽 속에서 혹은 외롭고 쓸쓸할 때 아버지에게 물었던 질문들과 생각들을 노트에 적기 시작했다. 시간이 흐르면서 그 질문 목록은 점점 길어졌다. 그것은 아버지를 잃은 상실감을 치료하는 동시에 그것을 극복하는 수단이 되어주었다. 아버지와 그렇게 대화를 나누는 일은 나를 행복하게 해주었다.

1996년 어느 날, 나는 베이글 가게에 앉아서 이 책의 초고를 손보고 있었다. 그때 두 여자가 내 앞에 펼쳐진 원고들을 보더니 무엇에 관한 질문들이냐고 물었다. 내가 이 책의 주제를 말해주자 그 중 한 여자가 원고를 들춰보더니 말했다.

"아, 정말 멋져요!"

두 번째 여자는 말했다.

"나도 이런 식으로 아버지에게 말을 걸어야겠어요. 우린

만나면 늘 말싸움을 벌이죠. 추수감사절 때 아버지를 만나면 조용히 앉아서 이런 질문들을 드려야겠어요."

첫 번째 여자가 원고를 도로 내려놓으면서 물었다.

"그런데 대답은 어디에 있는 거죠?"

나도 아버지가 돌아가신 뒤 똑같은 질문(아버지의 대답은 어디에 있는 것일까?)을 나 자신에게 여러 번 물어보았다고 대답했다.

그들이 떠난 다음, 그들이 해준 논평이 자꾸만 내 머릿속에서 메아리쳤다. 그러면서 이 책을 쓰려는 계획에 대해 깊은 회의감을 갖게 되었다. 정보를 떠먹여주고 소비자들에게 날마다 제품을 일방적으로 떠안기는 문화에서, 일목요연한 답변이 없는 질문들을 읽어줄 독자들이 과연 얼마나 될까?

나는 원고를 거의 쓰레기통에 내던질 뻔했다. 하지만 책은 점점 부피가 늘어갔다. 그리고 그녀의 질문은 왜 이 책이 세상에 나와야 하는지 설명해주는 핵심적인 아이디어가 되었다. 이 책에 답변이 없다는 사실은 독자로 하여금 질문 자체에 집중하게 만드는 힘을 갖는다. 같은 질문을 되풀이하면 그것이 아무리 황당하고 추상적인 것일지라도 대답이 나오지 않을 수 없다. 이런 질문들을 종이 위에 적어놓고 그것을 하나의 청사진 삼아 '아버지'라는 단어 뒤에 숨어 있는 실존적 인물을 발견하려는 노력이 분명코 필요하다고 본다.

베이글 가게에서 만난 두 여자 덕분에 나는 이 책을 또 다른 각도에서 살펴보게 되었다. 그때까지만 해도 나 자신의 특수한 상황에 입각해 주제에 접근했다. 즉 나의 아버지가 최근에 돌아가셨고, 아버지가 살아계셨을 때 내가 물어보고 싶었던 질문을 적어보자는 것이었다. 하지만 살아계신 아버지에 대하여 더 많은 것을 알고 싶어하는 사람들도 있지 않은가? 이런 질문이나 문제들을 자발적으로 자녀들에게 물어보고 싶은 아버지들도 있지 않은가? 아버지와 할아버지의 관계에 대해서 알고 싶어하는 자녀들도 있지 않은가?

이 책은 아버지라는 인물뿐만 아니라 독자 자신에 대해서도 발견하도록 길을 열어주는 지도 역할을 해줄 것이다. 때로는 진지하고 때로는 장난스러운 질문을 던짐으로써 그것을 실마리로 해서 아버지들은 자신의 이야기를 자식들에게 해줄 수 있고, 자식들은 아버지에 대한 정보와 이해를 넓혀나갈 수 있다. 이처럼 이 책 속의 질문들은 방향을 바꾸어 독자 자신들에게 탐조등을 비추어준다. 가령

'아버지는 이런 질문에 대해서 어떻게 대답했을까?' 하는 의문은 '내 아이들에게 나는 어떻게 대답할 것인가?' 하는 의문으로 이어질 것이다.

이런 여러 가지 사항들을 감안하면, 이 책이 아버지에 대한 발견이라기보다 오히려 자기 발견을 이끌어준다는 사실을 깨닫게 될 것이다.

마지막으로 이 책 속의 질문들은 나의 질문들임을 강조하고 싶다. 나는 독자들이 자신만의 질문 목록을 작성해볼 것을 제안한다. 아버지와 함께 가만히 앉아 (혹은 주위에 계시지 않다면 혼자서) 여러분 스스로의 질문들을 써내려가 보라. 자녀들과 함께 앉아서 그런 질문들에 답변해보도록 하라. 그리고 자신만의 발견을 경험하라. 우리는 이제 이런 질문들을 던지는 것을 두려워해서는 안 된다. 또 이런 질문들에 대한 답변을 끝까지 들어줄 수 있는 용기를 발휘해야 한다. 너무 늦기 전에.

아버지라고
왜 안타까움이
없었겠는가!

부모님이 아직 살아계실 때 효도하기 어려움을 잘 말해주는 것으로서, "나무는 조용히 있고자 하나 바람이 그치지 않고, 자식은 봉양하고자 하나 부모는 기다려주지 않는다"라는 시구가 있다. 우리는 부모님이 살아계실 때에는 두 분이 천년만년 살아계실 것처럼 여겨 두 분의 커다란 그늘 밑에서 편안히 쉬는 것을 너무나도 당연한 일로 치부해버린다. 그러다가 어느 날 부모님이 세상을 떠나면 그제야 하늘이 무너지는 듯한 충격을 받게 된다.

이 책의 저자도 신혼여행을 갔다가 갑작스러운 아버지의 와병 소식을 접한다. 황급히 돌아오지만 안타깝게도 아버지는 이미 의식불명 상태였고 이틀을 못 넘기고 돌아가시고 만다. 그러자 저자는 왜 아버지가 살아계실 때 좀 더 아버지에 대해서 알려고 노력하지 않았는지 후회를 한다. 이러한 회한은 결국 아버지에 대한 불효를 깨우치는 계기가 되고, 그 다음에는 아버지의 입장을 이해하지 못한 지난날의 미련한 태도를 반성하는 것으로 이어진다.

아버지가 돌아가셔야 그 아들이 아버지를 이해한다는 것은 인생의 역설이 아닐 수 없다. 독일의 저명한 문인 안톤 슈낙도 그의 수필 『우리를 슬프게 하는 것들』에서 아버지를 회상하며 이런 말을 한다.

"숱한 세월이 흐른 뒤에 문득 발견한 돌아가신 아버지의 편지. '사랑하는 아들아, 네 소행들로 인해 나는 얼마나 많은 밤을 잠 못 이루었는지 모른다.' 대체 나의 소행이란 무엇이었던가? 이제 그 사소한 소행들은 내 기억에서 사라지고 없는데 아버지는 그로 인해 가슴을 태우셨던 것이다."

이 책의 저자도 아버지 사후에 그런 후회를 하면서 생전의 아버지에게 물어보지 못했던 질문들을 하나하나 적어나간다. 그리고 그것들이 비단 저자와 저자의 아버지에게만 적용되는 질문이 아니라, 보편적인 부자관계에 적용되는 것임을 깨닫는다.

"아버지의 젊은 날 꿈은 무엇이었습니까?" "아버지에게 가장 기쁜 날은 언제였습니까?" "아버지가 좋아하는 계절은 요?" 우리가 이런 질문을 아버지에게 던지면 어떤 대답이 나올지 머릿속에서 미리 예상하거나 추측해볼 수 있다.

그러기에 이 책에는 질문만 있고 답변은 없다. 설혹 저자가 아무리 성실하게 어떤 질문에 대한 답변을 적어놓았더라도 그것은 결국 저자의 답변일 뿐이다. 정말로 중요한 것은 독자들 자신이 그 질문들을 던지면서 스스로 얻어내는 대답이고, 그것은 자신이 아니면 알 수가 없는 것이다. 아버지가 이미 돌아가셨으면 기억과 추측과 해석으로 그 대답을 생각해볼 수 있을 것이고, 다행히도 살아계신다면 아버지가 기분이 좋을 때를 골라 이런 질문들을 해봄으로써 유익한 대화의 실마리를 풀어나갈 수 있을 것이다. 또한 이 글을 읽는 독자가 장성한 자녀를 둔 분이라면, 입장을 바꿔 자녀들에게 먼저 질문해볼 수도 있을 것이다.

예로부터 아버지와 아들의 관계는 결코 순탄한 것이 아니었다. 아버지는 어머니와는 다르게 자식들의 보호자이면서 동시에 규율자이기 때문이다. 어머니의 무조건적 사랑이 아니라 사회에서 통용되는 조건적 사랑을 자식들에게 훈련시켜야 했기에, 자식들의 원성을 각오하고 일부러 절

벽에서 떨어뜨리며 강인한 아들로 키우려는 것이 아버지의 모습이다.

이러한 아버지의 훈도는 당연히 자식들의 저항이나 반발을 불러오게 마련이다. 하지만 모든 것을 공평하게 따져볼 때, 이 아버지의 가슴 시린 손길(아버지라고 왜 자식에게 모질게 대하면서 안타까움이 없었겠는가!)이 있었기에 자식들은 사회에 나와서 한 사람 몫의 구실을 할 수가 있는 것이다.

사람이 불쾌한 일을 느끼는 강도는 기쁜 일을 느끼는 강도의 세 배나 된다고 한다. 어린 시절 아버지의 훈도를 모질게 생각하는 자식들은 대체로 보아 그 경험을 과장하는 경우가 많다. 독자들마다 사정이 다르겠지만, 이 책에 나오는 아버지에게 드리는 질문들을 꼼꼼히 읽으면서 아버지와 적극 대화에 나선다면 좋은 부자관계를 만들어나갈 수 있으리라 본다.

◇ 당신은 언제나 옳습니다. 그대의 삶을 응원합니다. ── 라의눈 출판그룹

아버지에게
묻고 싶은 것들

초판 1쇄 | 2017년 5월 15일

지은이 | 빈센트 스태니포스
옮긴이 | 이종인
펴낸이 | 설응도
펴낸곳 | 라의눈

편집주간 | 안은주
편집장 | 최현숙
기획위원 | 성장현
경영지원 | 설효섭, 설동숙
디자인 | 공중정원 박진범

출판등록 | 2014년 1월 13일(제2014-000011호)
주소 | 서울시 서초중앙로29길 26(반포동) 낙강빌딩 2층
전화번호 | 02-466-1283
팩스번호 | 02-466-1301
e-mail | 편집 editor@eyeofra.co.kr 경영지원 management@eyeofra.co.kr
         영업·마케팅 marketing@eyeofra.co.kr

ISBN 979-11-86039-78-6 03840